PRÉCIS

POUR M. MÉQUIGNON fils aîné.

M. Méquignon fils aîné, établi à Paris en 1812, à l'âge de 22 ans dans le commerce de la librairie, s'est vu contraint à déposer son bilan, et sa faillite a été déclarée, à partir du mois de mars 1822.

La plupart de ses créanciers lui ont témoigné un intérêt qui a excité toute sa reconnoissance, et qui sera considéré, sans doute, comme sa première justification. Sur *quatre-vingt-quatre*, dont les créances ont été vérifiées, *soixante-dix-neuf* lui ont accordé la faveur d'un concordat, ou ne s'y sont point opposés; *cinq* seulement se sont armés d'une sévérité qu'il croit pouvoir appeler excessive, et ont formé opposition au concordat consenti par la majorité.

Ces oppositions avoient été rejetées par sentence du Tribunal de commerce de la Seine, rendue le 2 décembre 1822, conformément aux conclusions du rapport de M. le juge-commissaire; mais, sur l'appel, la Cour royale de Paris, par arrêt du 25 juillet 1823, les a admises. Elle a, en outre, annulé la sentence qui avoit homologué le concordat le 4 du même mois de décembre 1822; et elle a ordonné qu'à la diligence de M. le procureur-général, il seroit procédé conformément à l'article 526 du Code de commerce.

Les motifs de l'arrêt indiquent que la Cour royale n'a établi

I.

sa conviction, que sur le Rapport des syndics provisoires de la faillite. En effet, ces motifs sont ainsi conçus : « Considérant « que du Rapport des syndics provisoires il résulte : que le « failli n'a point justifié de causes légitimes des pertes qui au- « roient produit son énorme passif, et que l'irrégularité de ses « écritures ne permet pas d'y puiser les renseignemens néces- « saires à sa justification : d'où il suit que la faillite ne peut « être imputée, au moins en grande partie, qu'à l'inconduite. » Si M. Méquignon fils aîné parvient à démontrer que MM. les syndics ont été induits en erreur dans la partie de leur Rap- port qui lui est défavorable, il espère que le préjugé, si grave, qui semble d'abord résulter contre lui de l'arrêt rendu par la Cour royale, s'effacera de lui-même, et sera placé à des dis- positions d'indulgence, semblables à celles qu'ont bien voulu lui témoigner la grande majorité de ses créanciers, M. le juge- commissaire de sa faillite, et le Tribunal de commerce.

M. Méquignon fils aîné appartient à une famille ancienne dans la librairie, et entourée d'une juste considération. Son père, en l'établissant en 1812, lui donna pour dot des livres d'an- cienne librairie, estimés alors 20,000 francs, mais dont le cours ne s'est pas soutenu, à beaucoup près, à leur prix d'estima- tion, et qui sont loin d'avoir produit pour lui cette valeur. La maison de son père étoit plus particulièrement consacrée à la vente des anciens livres, et des ouvrages de piété et de théolo- gie ; c'est un assortiment de ce genre qui lui a été donné en dot. Méquignon fils aîné ne vouloit, ni ne pouvoit, établir une mai- son qui se trouvât en concurrence directe et journalière avec celle de son père resté dans le commerce ; et cette concur- rence, qui ne convenoit ni à l'un, ni à l'autre, eût été d'autant plus inévitable, qu'il faut, pour réussir dans ce genre d'affai- res, suivre assidûment les ventes publiques, auxquelles son

père conservoit l'habitude d'assister. D'un autre côté, Méquignon fils aîné ne vouloit pas, entièrement abandonner le genre
de librairie qu'il connoissoit le mieux, et auquel le nom qu'il
portoit se trouvoit depuis long-temps attaché. Il résolut donc
de s'adonner aux entreprises modernes de librairie ecclésiastique, et se trouva ainsi porté naturellement, par sa position
même, à prendre cette résolution.

Il se maria peu de temps après son établissement, et reçut en
dot de sa femme, vingt-cinq mille francs, dont trois mille francs
formoient la valeur du trousseau. Une partie des 22,000 fr. fut
employée à monter son ménage, et à construire des magasins dans
la maison qu'il habitoit, rue Saint-Severin, et dont il devint pro-
priétaire l'année suivante.

Pour se créer un fonds de librairie moderne ecclésiastique,
il acheta celui de M. Girard, de Paris, en 1814. Vers cette même
époque, il éprouva une perte qui lui fit beaucoup de tort, par
la nécessité où elle le mit de faire des emprunts. Il fut obligé de
rembourser douze mille francs de billets souscrits par le sieur B.
qui ne le paya qu'en livres, sur lesquels il perdit beaucoup,
ainsi qu'il arrive toujours dans ces sortes d'opérations.

L'époque des cent jours est ensuite survenue, et elle a été
pour lui l'occasion de préjudices considérables. Il est facile de
comprendre que le genre de librairie auquel il s'étoit voué,
et qui s'est trouvé paralysé tout à coup dans les développemens qu'il commençoit à prendre, a dû souffrir plus que tout
autre des événemens désastreux qui ont alors affligé la France.

Méquignon fils aîné n'en a pas moins continué, avec des
succès divers, ses opérations commerciales, et il a fait tous
ses efforts pour leur donner de l'extension. Celle qui a le mieux
réussi, mais qui a contribué par son succès même à le jeter
dans les grandes entreprises, a été la réimpression du *Dic-
tionnaire historique* de l'abbé Feller. Cette opération, quoique

fort heureuse par elle-même, n'a cependant pas produit pour lui tous les bénéfices qu'il auroit eu droit d'en attendre, parce qu'ayant été faite par tiers, avec M. Saint-Michel et avec une maison de Lyon, sa part dans les bénéfices s'est trouvée réduite de beaucoup par suite des comptes qui ont eu lieu entre les co-intéressés.

M. Méquignon fils aîné, qui avoit acquis en 1814 le fonds de M. Girard, prit en mars 1817 le parti d'y réunir celui de M. Saint-Michel, neveu de M. Girard, également libraire à Paris, et qui avoit en outre une maison à Nantes. Cette acquisition, en l'obligeant de chercher des magasins plus vastes, rendit inutiles une partie des dépenses qu'il avoit faites dans la maison de la rue Saint-Severin, et l'obligea de se loger rue des Grands-Augustins. Ce ne fut pas la seule perte qu'elle lui occasionna. D'autres causes contribuèrent à rendre pour lui cette spéculation fort onéreuse; l'une des principales fut l'exagération de la plupart des prix : une autre, non moins fâcheuse, consista dans la saisie que M. Rusand fit faire de plusieurs contrefaçons comprises dans le fonds de M. Saint-Michel; ce qui fit un tort considérable à M. Méquignon, cessionnaire de bonne foi. Enfin la maison de Nantes, que M. Méquignon fut obligé d'acquérir par le même traité, et dans laquelle il s'associa avec M. Boissel qui se trouvoit placé à la tête, l'entraîna dans beaucoup de dépenses et de pertes de temps. Il prit le parti de la vendre, au mois de mars 1819, à son associé, M. Boissel, qui le paya en ses billets, montant ensemble à une somme de 28,664 fr., mais qui n'acquitta pas les billets à leur échéance. M. Méquignon, obligé d'en consentir plusieurs fois le renouvellement, n'a maintenant encore rien touché de cette créance; il s'est vu par là privé de capitaux qui lui étoient nécessaires, et contraint de recourir, pour combler ce déficit, à des emprunts ruineux.

. Parmi les créanciers qui se sont opposés à l'homologation du concordat, il en est tel qui peut avoir des données assez positives sur les sacrifices exigés à cet égard de M. Méquignon fils aîné, ainsi au reste, que le constate une partie des bordereaux encore existans.

Cette perte ne fut pas la seule. En 1819, 6,050 fr. furent perdus dans la faillite du sieur H.; en 1820, 5,943 fr. dans celle des sieurs C. frères; et 3,600 fr. dans celle du sieur L. Il a aussi éprouvé des pertes sur les remboursemens de capitaux, et notamment sur une inscription de rente empruntée à M. P., et qu'il a été obligé de rembourser en 1821 pendant une hausse des fonds publics; ce qui a formé à sa charge une différence de 4,560 fr.; malgré la réduction d'une somme de 2,400 fr. que M. P. a bien voulu consentir.

Enfin l'opération qui a porté le plus rude coup aux affaires de M. Méquignon fils aîné, a été la cession qu'il a faite de la plus grande partie de son fonds, en juin 1821, à son frère Méquignon junior, successeur de son père. En lui cédant tout le détail de son fonds, sur le prix d'acquisition duquel, il a perdu beaucoup, il est rentré, il est vrai, dans une somme de 230,562 fr. 92 c., prix de cette vente; mais il s'est trouvé séparé de la plupart des relations commerciales qu'il étoit parvenu à se créer depuis son établissement, et il a été obligé de faire de nouveaux efforts pour en lier de nouvelles. Il a pu amortir une partie de ses dettes, et continuer encore à satisfaire à ses engagemens; mais il a été privé de ces rentrées modiques et journalières qui tiennent au courant une caisse commerciale, aident à subvenir aux besoins urgens, et forment par degrés des capitaux utiles pour alimenter les affaires. De plus, en cédant son fonds à son frère, il n'a pas pu se dispenser de lui abandonner son logement et ses magasins de la rue des Grands-Augustins, et a été obligé à un nouveau déménagement en se transportant rue des Saints-Pères.

Dans un Mémoire imprimé, distribué lorsque le procès sur le concordat étoit pendant devant la Cour royale de Paris, MM. les créanciers-opposans ont cru pouvoir s'étendre sur quelques démêlés qui ont divisé les deux frères relativement à l'exécution du traité passé entre eux pour cette cession de fonds; ces démêlés, postérieurs au concordat, étoient par conséquent étrangers à tout ce qui pouvoit aider à caractériser la faillite; une transaction les a éteints. Il ne convient pas à M. Méquignon fils aîné de les renouveler, même pour sa propre justification. On appréciera la nécessité de son silence, et il lui suffira de dire, pour écarter toute insinuation fâcheuse contre qui que ce soit à ce sujet, que les débats étoient postérieurs à la faillite, et que la plus grande partie des prétentions de M. Méquignon fils aîné ont été jugées légitimes.

La dernière de ses opérations commerciales que M. Méquignon croit utile de rappeler, est l'acquisition qu'il a faite du fonds de M. Beaucé en 1822. Il a été engagé à cette opération pour éviter le remboursement d'un assez grand nombre de billets souscrits par M. Beaucé et dont il étoit endosseur. D'après l'estimation de l'inventaire des syndics, il y a, sur ce qui reste en magasin, et sur les titres de propriété qui n'ont pu être mis en exploitation, une perte de 14,790 fr. De plus, il devoit être remis 2500 exemplaires du *Graduale Romanum* qui ne lui ont pas été, ainsi qu'il résulte du bon resté en portefeuille, et qui se montoient pour le prix d'achat à 6,637 fr.

Si aux différentes pertes rappelées dans le récit qui précède, on en ajoute beaucoup d'autres, moins susceptibles d'être précisées rigoureusement, telles que celles qui ont été éprouvées sur beaucoup d'ouvrages baissés de prix, ou restés invendus; telles que des dépenses faites par divers commis-voyageurs, sans résultat utile; telles encore que les frais pour une saisie tentée infructueusement à Avignon et à Lyon, au mois d'août 1821, on comprendra alors comment Méquignon, fils aîné, s'est trouvé entraîné à sa ruine. On dira qu'avec plus de maturité, plus d'expérience, il auroit évité une partie de ses ma'heurs; on blâmera cette ambition dans les affaires qui donne trop à l'espérance et pas assez à la réalité; mais on ne verra aucune circonstance criminelle, aucun caractère de banqueroute, et l'on sera tenté de le plaindre, beaucoup plus que de l'accuser.

Il a existé pour M. Méquignon une autre occasion de pertes, sur laquelle il ne s'explique qu'à regret, et qui échappe, par sa nature même, à une exacte appréciation. Des vols ont eu lieu dans ses magasins, pendant long-temps, par deux de ses commis. Il a dans les mains les preuves évidentes de ces faits; mais, sur les foibles indemnités qui seules ont pu lui être données lors de cette funeste découverte, il a engagé son honneur à s'abstenir de poursuites, et il ne fera rien qui puisse y donner lieu. Il n'auroit pas même rompu le silence, par cette explication qu'il laisse volontairement dans des termes qu'il ne précise pas, si le besoin de sa justification ne lui faisoit une loi d'indiquer cette circonstance, comme une cause de pertes notables. MM. les syndics provisoires, savent, par l'expérience personnelle qu'ils en ont acquise pendant qu'ils étoient à la tête de ses affaires, qu'une surveillance rigoureuse peut ne pas suffire pour prévenir de tels délits.

Lorsque M. Méquignon s'est vu réduit à la nécessité de suspendre ses paiemens, il a, sur-le-champ, assemblé ses créanciers, et leur a donné connoissance de sa position. Eux-mêmes ont reconnu l'impossibilité de prévenir le malheur d'une faillite. Son bilan a donc été déposé au mois d'avril 1822, et par jugement du 12 dudit mois, la faillite a été déclarée.

Le Rapport fait à l'assemblée des créanciers par MM. Vincent, Hubert et Auzou, syndics provisoires, le 28 septembre 1822, n'entre dans le détail d'aucune des circonstances dont le récit précède. La part y est faite à l'indulgence et à la sévérité; les créanciers y sont invités à accorder à M. Méquignon la faveur d'un concordat que deux des syndics, MM. Hubert et Auzou, ont souscrit les premiers; la censure de sa conduite est conçue dans des termes sévères, reproduits ensuite dans le mémoire publié par les créanciers opposans, à la tête desquels figure M. Vincent, l'un des syndics. M. Vincent, chez lequel ont été déposés les registres du failli, et au témoignage duquel ses collègues s'en sont rapportés sur la connoissance plus spéciale à prendre de certains faits, est tombé, soit dans son rapport, soit dans son Mémoire, dans des erreurs qu'il est essentiel de signaler.

Parmi les inculpations contenues dans le Rapport de MM. les syndics, il y a peu d'articulations précises. Méquignon fils aîné ne sauroit entreprendre de répondre à beaucoup de reproches qui, par leur généralité même, échappent à la discussion; c'est au petit nombre de faits contenus dans cette partie du Rapport qu'il est surtout nécessaire de s'attacher.

On lui reproche ses deux déménagemens comme un résultat dispendieux de son amour du luxe et de sa vanité. Les faits précédemment exposés démontrent comment son premier déménagement n'a été fait que par suite de l'acquisition du fonds de M. Saint-Michel, et comment le second a été rendu nécessaire par la vente d'une partie de son fonds à son frère qui a repris le logement qu'il quittoit. Ces deux opérations dont on ne voit pas que les syndics aient fait l'objet d'un blâme spécial contre M. Méquignon, n'ont pas été avantageuses, ainsi qu'on l'a expliqué; mais elles n'avoient pour motif que des spéculations commerciales bien ou mal entendues, et ne peuvent pas être attribuées à un vain amour du luxe. Les deux déménagemens incriminés, qui n'en sont que la conséquence, ne doivent donc pas en être isolés : si les opérations ne sont pas répréhensibles, les déménagemens ne le sont pas.

Le reproche d'amour du luxe, indiqué dans le Rapport, tient une grande place dans le Mémoire imprimé. M. Méquignon va faire connoître l'état de ses dépenses de maison, année par année, telles qu'elles résultent de ses livres et non compris les loyers, dont une très-foible partie étoit consacrée à son ménage. Sans doute il reconnoît aujourd'hui qu'une réduction sévère dans toutes les parties de la dépense est l'un des plus fermes appuis du crédit d'un commerçant, et qu'il auroit pu ne pas consacrer à son désir d'augmenter ses affaires, des dépenses que maintenant il regrette, telles, par exemple, que l'achat et l'entretien d'un cheval et d'un cabriolet ; mais, après avoir fait cette part aux reproches que M. Méquignon s'adresse, il ne faut pas non plus perdre de vue que le développement donné par lui à ses opérations commerciales, et l'activité de ses correspondances, rendoient inévitables bien des dépenses, sans lesquelles beaucoup de bénéfices n'auroient pas été faits sur celles de ses affaires qui ont réussi. Voici, au reste, cet état des dépenses qui auroient pu être beaucoup plus fortes sans paroître encore excessives, si les affaires de Méquignon fils aîné avoient prospéré, suivant ses espérances.

	francs	cent.
Pour les sept derniers mois de 1812. . . .	4,045	
En 1813.	5,567	45
En 1814.	5,800	
En 1815, année pendant laquelle il y eut un commis de plus à nourrir.	7,332	90
En 1816.	7,434	
En 1817, année de l'achat du cabriolet, et où il y eut un autre commis de plus à nourrir.	13,406	60
En 1818.	12,763	30

2

En 1819. . . . . 11,430 95
En 1820. . . . . 14,158 50
En 1821, année du second déménagement. 18,789 40
Enfin, pendant les quatre premiers mois de
    1822 2,330

On jugera si ces dépenses sont portées au degré auquel elles doivent être considérées comme excessives. L'augmentation de 1821, suivie d'ailleurs en 1822 d'une forte réduction, a été causée par une circonstance déjà expliquée, et qui se rattache, non à des dépenses personnelles et intérieures, mais aux affaires de commerce, au déplacement et à l'emménagement qu'elles ont exigés.

Le Rapport de MM. les syndics contient un troisième reproche, relatif à l'irrégularité des écritures; c'est celui qui paroît avoir fait la plus sérieuse impression sur la Cour royale, si l'on en juge par les motifs de l'arrêt. Les registres font cependant mention de toutes les opérations de M. Méquignon fils aîné. Il est vrai qu'ils ne sont point tenus en partie double, et qu'il n'y avoit pas dans la maison un teneur de livres proprement dit : aussi n'ont-ils pas cet ordre irréprochable et cette netteté extérieure qui permettent d'en saisir l'ensemble par un seul coup d'œil : mais il s'en faut de beaucoup que ces imperfections aillent jusqu'à constituer des irrégularités assez graves pour devenir la matière d'une condamnation pénale. *Ils correspondent entre eux*, quoi qu'en dise le Rapport, et se contrôlent fort exactement les uns par les autres. *Les lacunes et les irrégularités qu'ils comportent*, ajoute le Rapport, *en ôtent toute confiance.* Ces lacunes se réduisent à deux, qui consistent dans un défaut de report de la recette du 15 juillet 1820 au 31 août suivant, sur le livre de caisse, et de la recette des mois de janvier et février 1821 sur le même livre. Mais les brouillons, qui correspondent parfaitement avec ce livre, contiennent une mention exacte de la recette pendant ces deux intervalles de temps , et remplissent les lacunes sans nulle difficulté, d'accord avec tout le reste des écritures. Quant aux irrégularités alléguées, le Rapport n'en signale pas une seule, ce qui réduit M. Méquignon à l'impossibilité de répondre, puisqu'il ne sait pas de quoi on l'accuse. Le Mémoire imprimé n'est pas heureux dans les articulations par lesquelles il s'efforce de dissimuler ce défaut d'allégations précises. « Méqui- « gnon, dit-on d'abord , ne justifie aucunement de ses re- « cettes » ; et les livres de caisse, signés et paraphés par M. Vincent lui-même, les contiennent toutes. Il y a en outre, pour les traites et effets négociés, un livre particulier intitulé *Livre d'annotations.* « En juin 1821, ajoute-t-on, il avoit vendu « son fonds de commerce à son frère moyennant 290,000 fr., « sur lesquels il a touché 267,000 fr. : on ne sait ce qu'est « devenue cette somme. » Ce langage est bien formel ; mais il ne peut pas détruire les mentions d'emploi de toutes les sommes provenues de cette opération, consignées sur les livres que M. Vincent a eus en sa possession , et dont il se trouvoit chargé de faire connoître la teneur à MM. ses collègues au syndicat. Ce prix n'a pas été de 290,000 fr. , mais de 230,562 fr. 92 c. , ainsi qu'il résulte du contrat de vente inventorié.

« Du 1er au 14 mars (veille de sa faillite), il a reçu environ « 25,000 fr. dont on ne connoît pas l'emploi. » Le dernier re- gistre de caisse, au verso du neuvième feuillet, contient l'entrée en caisse de 25,274 fr. 20 c. , du 2 au 16 mars. Le même re- gistre, vers le milieu, sur une page signée de M. Vincent, et dont l'un des articles de dépense , montant à 205 fr. , porte en marge un signe d'annotation de sa main, contient le détail des sorties de caisse pendant le mois de mars pour une somme to- tale de 25,436 fr. 97 c.

« La vente de son cabriolet et de ses deux chevaux a produit
« 1880 fr. dont on ne trouve aucune trace. » Cette vente a produit 1780 fr., et est portée en trois articles, sur le registre dont
il vient d'être parlé, à trois feuillets de distance après la page
qui a été l'objet de l'observation précédente. Sur la page où
les 1780 fr. dont il s'agit sont portés en recette, se trouve également la signature de M. Vincent précédée de ces mots : *Sans
surcharges ni ratures.* Deux articles de la même page, qui n'en
contient que douze, portent ses signes d'annotation.

De ces détails il résulte naturellement deux réflexions :
la première, que M. Vincent a mis bien peu de soin à la vérifica-
tion des notes qu'il a fournies pour la rédaction du Mémoire ;
la seconde, que les prétendues irrégularités des livres, signa-
lées dans le Rapport de MM. les syndics d'après ses observations,
et dans l'arrêt de la Cour, d'après le Rapport de MM. les syndics,
perdent toute gravité devant un examen attentif.

Il ne reste donc, sur l'irrégularité des livres, considérée par
la Cour royale comme le grief principal, que des allégations
vagues et générales, dont les élémens particuliers ne peuvent
manquer d'être reconnus inexacts. «Deux teneurs de livres, dit
le Rapport, ont renoncé à en faire le dépouillement »; puis on
ajoute que le principal commis de la maison est occupé à
monter les écritures en partie double. Ces deux assertions ne
peuvent cesser de paroître contradictoires, que si l'on suppose
que les teneurs de livres, amenés tour à tour, ont manqué, ou
de l'expérience, ou de la patience qui se sont rencontrées dans
le principal commis, et qui se sont rencontrées aussi dans un
teneur de livres qui, à la demande de M. Méquignon a fait,
d'après les livres paraphés et inventoriés, le relevé de l'état de
la caisse depuis le 1er juillet 1821 jusqu'au 15 mars 1822.

Les divers griefs contenus dans le Rapport de MM. les syndics
ont paru dignes d'atténuation à M. le juge-commissaire, témoin

et surveillant de tous les actes de la faillite, ainsi qu'au Tribunal de commerce qui n'a taxé le failli que de légéreté et d'imprévoyance. Le même Rapport, au contraire, a été fort aggravé par les développemens du Mémoire publié par MM. les créanciers opposans. « Nous devons vous le dire avec franchise, avoient « dit MM. les syndics, non, le failli ne mérite pas que l'on dé- « ploie contre lui la sévérité des lois. » Ils disoient encore : « Nous « n'avons rien remarqué qui puisse faire préjuger qu'il ait dé- « tourné des sommes à son profit; nous avons même quelque « certitude, que le 14 mars au matin, il croyoit encore parfaire « les paiemens du 15. » Ces passages, tout accompagnés qu'ils étoient de beaucoup de reproches, ont paru aux auteurs du Mémoire, pécher par excès d'indulgence. M. Vincent, dit-on, se refusoit à les signer, il lui répugnoit de les attester. Pour motiver cette répugnance, on l'attribue au défaut de justification d'un grand nombre de valeurs; reproche repoussé par les explications déjà données et par la vue même des registres ; on l'attribue encore aux contradictions nombreuses des écritures que l'on signale comme *plus que suspectes* ; et pour appuyer cette accusation de fraude, on ne précise pas une seule de ces nombreuses contradictions ; pour faire juger ces écritures *plus que suspectes*, on se contente de signaler les prétendues omissions que déjà l'on vient de discuter en présence des pages signées et annotées de M. Vincent lui-même, et sur lesquelles sont portés les articles qu'il signale comme ayant été omis. C'est cependant sur cette seule base qu'est établie toute l'accusation ; car après avoir prétendu qu'il n'existe aucune justification des recettes, et avoir cru prouver cette prétention par les seuls détails qui suivent : fonds touchés de Méquignon Junior (voyez ci-dessus, page 11) ; recettes faites du 1er au 14 mars (voy. pag. 11) ; vente du cabriolet et des deux chevaux (voy. p. 12) ; traites et effets négociés (voy. p. 11), on pose ensuite les conséquences suivantes, évidemment destinées à répondre au rapport de MM. Vincent, Hubert et Auzou, syndics provisoires : « Ces sommes n'ont - elles pas été *détournées* au préjudice des « créanciers ? *On doit*, au moins, le présumer, jusqu'à ce « qu'il ait fait connoître leur emploi. »

Le Mémoire va plus loin ; et porte une accusation qui, si elle étoit fondée, constitueroit de plein droit Méquignon fils aîné en état de banqueroute frauduleuse. Il a abusé, dit-on, d'un dépôt remis en ses mains. Voici le fait tel que le Mémoire le raconte.

« M. l'abbé Thavenet, directeur du séminaire de Saint-Sul- « pice, lui avoit confié une inscription de 3,366 fr. sur le grand « livre de la dette publique ; mais cette inscription a disparu. « M. l'abbé Thavenet l'a vainement réclamée ; il n'a reçu en « échange, ainsi que l'établit son décompte, fourni par lui- « même, et par M. Bossange son fondé de pouvoirs, que des « valeurs de portefeuille sur des gens qui ne devoient rien, ou « qui étoient insolvables. »

- Voici maintenant le fait tel qu'il s'est passé :

M. l'abbé Thavenet avoit remis à Méquignon une inscription sur le grand livre de 1,366 francs, et non de 3,366. Il l'avoit remise, non pas à titre de dépôt, mais pour l'aider dans ses affaires ; et lui avoit donné en même temps une procuration, passée le 1er octobre 1821, devant Me Moisant, notaire à Paris, portant pouvoir de vendre, céder et transférer ladite inscription, de toucher et recevoir le prix du transfert, comme aussi de toucher et recevoir les arrérages. Cette inscription fut remise par Méquignon à MM. André et Cottier, banquiers, pour garantie de diverses avances. D'autres valeurs ensuite leur furent proposées pour les couvrir, mais ils les refusèrent. Méquigno confia cet embarras à M. l'abbé Thavenet qui voulut bien recevoir, en remplacement, des valeurs de portefeuille. Il résulte des comptes fournis par MM. André et Cottier, que la vente de l'inscription a été faite le 21 février 1822, au cours de 90 fr. 40 cent., et qu'elle a produit 24,542 fr. 95 cent. L'emploi de ces fonds se trouve indiqué dans le livre d'annotations, d'accord avec le compte de MM. André et Cottier, qui solde au 23 février par 425 fr. au profit de Méquignon fils aîné. Quant aux valeurs remises en garantie à M. Bossange père, comme fondé de pouvoirs de M. l'abbé Thavenet, elles consistent en 44,550 fr. de billets, dont une partie sera payée et sur lesquels il en a déjà touché quelques-uns.

Le Mémoire reproche ensuite à M. Méquignon une *escroquerie* pour avoir emprunté, le 23 février 1822, peu avant sa faillite, une somme de 30,000 fr. à la maison Guébhard; et pour avoir donné, entre autres règlemens, à raison de cette somme, une traite de 750 dollars sur Baltimore, de laquelle il auroit fait *triple emploi*.

Il est vrai que M. Méquignon, qui a conservé jusqu'au dernier moment l'espoir de faire face à ses affaires, et qui, d'après le témoignage même du rapport de MM. les syndics, croyoit encore le 14 mars au matin parfaire ses paiemens du 15, a touché en février, de la maison Guébhard, diverses sommes jusqu'à la concurrence indiquée. Il ne se fait point illusion sur le mécontentement que cette maison a dû éprouver en se trouvant comprise dans sa faillite; mais son tort envers cette maison est absolument le même qu'envers tout le reste de ses créanciers, c'est d'avoir fait faillite. La loi n'a pas qualifié d'*escroquerie* les emprunts que fait un négociant qui espère satisfaire à ses engagemens, et qui ne parvient pas à les remplir. A l'égard de la traite sur Baltimore, le fait est que M. Guébhard hésitant à la prendre pour règlement, Méquignon l'a prévenu qu'il en avoit autrement disposé; aussi M. Guébhard, dans son compte fourni aux syndics, n'a-t-il pas compris cette somme au crédit de Méquignon, quoiqu'il l'ait portée à son débit par une erreur qui sans doute aura depuis été rectifiée. Le prétendu troisième emploi de cette valeur provient de ce qu'après qu'elle eut été donnée par Méquignon en paiement, et avant qu'elle eût été présentée par le porteur, le négociant sur qui elle avoit été tirée a fait passer à Paris un à-compte qui a été encaissé par MM. les syndics.

On peut juger, par ces erreurs du Mémoire, sur tous les faits particuliers qui s'y trouvent cités avec quelque précision, du degré de confiance qu'il doit obtenir dans les allégations qui, par leur généralité, échappent à une réfutation directe. Il ne se trompe pas moins dans les chiffres que dans le récit des faits.

Le passif s'élève, à la page 2, à près d'un million; il est, pag. 3, de 665,000 f. pour les créances vérifiées à la fin de septembre 1822, y compris l'apport en dot de madame Méquignon ; à la page 21, il est, pour les créances vérifiées, de 780,000 fr., et la dot de madame Méquignon est comptée, à part et en outre, pour 25,000 fr. Aucune de ces évaluations du passif ne sont exactes. Il étoit, suivant l'état des créances vérifiées au jour du concordat, de 761,780 fr., y compris la dot (1).

L'évaluation de l'actif, porté dans le Mémoire à 158,911 fr. 35 c. seulement, doit être beaucoup augmentée.

Cette somme est le montant de l'inventaire du mobilier et des marchandises, dressé par MM. les syndics provisoires au plus bas prix possible, et sur le même pied que si une entière cessation des affaires devoit obliger de tout abandonner avec des

_____

(1) Dans ce dit état sont compris pour 200,000 francs environ de valeurs souscrites par des tiers, et dont Méquignon fils aîné n'est qu'endosseur. Les porteurs de ces titres les ont présentés à l'affirmation, soit parce qu'ils n'étoient pas assurés d'en toucher le montant intégralement, soit parce que les échéances n'étoient pas encore arrivées.

pertes considérables. Ainsi, pour donner une idée de la proportion des estimations : du papier, grand-carré d'Annonay,
qui a coûté 18 fr. 5o c. la rame, n'est coté qu'à 13 fr. L'estimation de l'inventaire doit être augmentée au moins de deux cin-
quièmes.

Les titres de propriété de divers ouvrages n'y sont mention-
nés que *pour mémoire*. Ils se trouvent détaillés en treize articles
dans le compte de gestion qui précède le Rapport de MM. les
syndics. On y remarque la propriété des *Helviennes*, par l'abbé
Barruel; deux actions du journal intitulé *l'Étoile*, dont l'une
a été payée par lui 10,000 fr.; et dont l'autre, qui lui a été re-
tirée, lui étoit accordée en indemnité de ses peines et soins pour
le bureau d'abonnement placé chez lui jusqu'à sa faillite. Il faut
ajouter à ces titres de propriété plusieurs de ceux qui ont été
acquis avec le fonds de M. Beaucé, et qui n'ont pas été mis en
exploitation.

C'est également *pour mémoire* seulement qu'ont été portées
les créances à recouvrer. Ces créances montent à des sommes
considérables. Les débiteurs par comptes courans, au moment de
l'ouverture de la faillite, sont portés au grand livre pour 86,175 f.
10 c. Tous, sans doute, ne sont pas également bons; mais les
dettes de tous sont sérieuses et représentent des valeurs réel-
lement sorties des mains de Méquignon. Il en est de même des
débiteurs par billets, dont le compte se monte à 82,35o fr., en
comprenant les 44,55o francs de valeurs de portefeuille remises aux mains de M. l'abbé Thavenet, à raison de l'opération
précédemment expliquée.

Ces diverses observations démontrent assez que la différence
entre le passif et l'actif, quoique bien considérable sans doute,
et faite pour causer aux créanciers un mécontentement dont
M. Méquignon se gardera de s'étonner et de se plaindre, n'est
cependant pas hors de proportion avec les pertes qu'il a es-

3

suyées, et dont il a fait le récit. Il avoit offert 40 pour cent par son concordat ; et il concevoit l'espérance, s'il lui étoit permis d'en former encore, après s'être tant de fois trompé, qu'il pourroit, par son travail, réparer une partie des pertes qu'il avoit causées. Quoiqu'il ne s'agisse plus aujourd'hui du concordat, il doit néanmoins, dans la cause actuelle, justifier l'offre qu'il avoit faite, de payer 40 pour cent en *six ans et demi*, et non en *huit années* comme le dit le Mémoire ; car on lui a fait un crime, même de cette offre, et on l'a présentée comme un acte de spoliation, en calculant, pour parvenir à la frapper de réprobation, les taux d'intérêt que ces paiemens partiels et successifs pouvoient représenter sur le capital des créances. Cette manière de raisonner, qui peut, au premier abord, paroître spécieuse, se montre sans aucune consistance, aussitôt qu'on l'examine avec soin. Il ne faut pas raisonner pour un fonds de commerce qui s'exploite et se liquide, comme pour une somme d'argent productive d'intérêts. Un fonds de commerce en marchandises n'a de valeur que pour le moment où les marchandises seront vendues ; jusque-là c'est un capital improductif qui, au lieu de donner un intérêt quel qu'il soit, consomme des frais de magasinage et d'entretien. M. Méquignon fils aîné, en prenant des engagemens pour payer le montant de son concordat, ne pouvoit faire autre chose que calculer les époques probables auxquelles les diverses fractions de son capital pouvoient se trouver réalisées. Si M. Méquignon fils aîné est entré ici dans quelques explications à cet égard, c'est uniquement pour repousser le reproche d'avoir tenté de spolier ses créanciers, même par le concordat. Il n'entrera dans d'autres explications sur les faits relatifs à ce concordat qu'autant qu'elles lui seroient demandées, car il n'ignore pas qu'il ne doit point rouvrir en ce moment une discussion sur ce sujet.

Sa défense maintenant doit se réduire à écarter loin de lui

la flétrissure du nom de banqueroutier. Il a exposé sincère-
ment les faits. Il sent vivement tous les torts de sa légéreté,
et ne veut pas chercher à s'en défendre; mais les griefs dont il
a dû se laver sont d'une nature bien autrement grave, puisqu'il
ne s'agit de rien moins que de savoir si l'on appliquera contre
lui la rigueur des lois pénales.

Il a dû se défendre, même de l'accusation de banqueroute
frauduleuse; car si le rapport de MM. les syndics a déclaré
qu'il n'existoit contre lui aucune présomption de ce genre, le
Mémoire, cependant, ne lui en a pas épargné l'accusation. On
a prétendu qu'il ne justifie pas de l'emploi de ses recettes;
ET TOUTES SONT PORTÉES SUR SES LIVRES, QUE M. VINCENT A EUS
TOUS EN SA POSSESSION: on a dit qu'il devoit être présumé avoir
détourné certaines sommes, comme n'en ayant pas rendu compte; ET CES SOMMES SONT INDIQUÉES SUR LES PAGES MÊMES SIGNÉES
ET ANNOTÉES PAR M. VINCENT; on l'accusé de s'être approprié un
dépôt, ET IL A RÉPONDU PAR UNE PROCURATION NOTARIÉE, ET PAR
UN COMPTE DE BANQUE. On allègue enfin, que ses livres ne
présentent pas sa véritable situation active et passive; mais, à
l'appui de cette allégation, on n'invoque pas un seul fait, et,
ainsi, une pure dénégation suffit pour la repousser. Voilà pour
les articles 593 et 594 du Code de commerce.

Sur l'accusation de banqueroute simple, on blâme les dépenses de sa maison; il les a fidèlement exposées, il compte
qu'elles ne seront pas jugées excessives. Il n'est pas accusé
d'avoir consommé la moindre somme au jeu, ou à des opérations
de pur hasard. Il a fait des emprunts, mais à des époques où
il ne se trouvoit pas de beaucoup au-dessous de son passif, et
où le succès de plusieurs de ses opérations étoit subordonné
tout entier à une plus grande abondance de capitaux. Il a
éprouvé des pertes dans diverses ventes de marchandises, mais
il ne les a pas vendues au-dessous du cours. Il s'est trouvé en-

traîné, par l'insolvabilité de quelques-uns de ses débiteurs, à donner des signatures de crédit, mais dont la valeur, loin d'être d'une somme triple de son actif, comme celle que punit la loi, n'a jamais approché même de la valeur de cet actif. Aussitôt que sa faillite a été inévitable, il a sans nul retard assemblé ses créanciers, et leur a fait connoître sa position. Enfin, à l'égard de ses livres, les irrégularités sont légères, et n'avoient pas paru au Tribunal de commerce mériter les rigueurs d'une poursuite, ni même d'un refus de concordat. Voilà pour ce qui concerne les articles 586 et 587.

M. Méquignon fils aîné sent qu'il a besoin d'indulgence; sa position de failli est par elle-même assez pénible pour lui imposer le devoir d'en solliciter. Une première rigueur l'a privé de la faveur d'un concordat, et la sévérité du langage contenu dans le Rapport de MM. les syndics provisoires a produit sur la Cour royale de Paris une impression plus forte que la conclusion du même Rapport, qui recommandoit sa jeunesse à la commisération de ses créanciers. Puisse au moins cette rigueur, dont les effets sont si pénibles, être la dernière ! Puissent les juges de la question pénale, à l'appui de laquelle tant d'évidence doit être apportée, le trouver désormais assez cruellement puni, puisque déjà il l'est beaucoup plus que ne l'avoient cru nécessaire M. le juge-commissaire, si bien instruit de toutes les opérations de la faillite, et le Tribunal de commerce, qui, dans ses motifs, déclare avoir formé sa conviction, non pas seulement sur le Rapport de MM. les syndics, mais aussi sur l'examen des affaires du failli.

MÉQUIGNON *Fils aîné.*

Me RENOUARD, *Avocat.*

De l'Imprimerie d'A. CLO, rue Saint-Jacques, n° 38.

www.ingramcontent.com/pod-product-compliance
Lightning Source LLC
Chambersburg PA
CBHW061519170626

46811CB00004B/1763